CUENTO DE LUZ

Para mis hijos Sergio y Javier.

Dedicado a todas las madres del mundo
y en primer lugar y por supuesto, a la mía.

Mi agradecimiento más sincero al Dr. Javier Hornedo, por
su tesón y sabiduría y por haber cedido gentilmente su
nombre al personaje del General en este cuento.

ponte guapa
te sentirás mejor

Los derechos de autor de este libro han sido cedidos por la autora a beneficio del programa internacional *"ponte guapa te sentirás mejor"* de apoyo a las mujeres con cáncer, promovido por la Fundación Stanpa.

Mamá se va a la guerra

© 2012 del texto: Irene Aparici Martín
© 2012 de las ilustraciones: Mónica Carretero
© 2012 Cuento de Luz SL
 Calle Claveles 10 | Urb Monteclaro | Pozuelo de Alarcón |
 28223 Madrid | España | www.cuentodeluz.com
 Serie: Luz
 ISBN: 978-84-15503-16-3
 Impreso en PRC por Shanghai Chenxi Printing Co., Ltd., marzo 2012, tirada número 1273-09
 Reservados todos los derechos

FSC
www.fsc.org
MIXTO
Papel procedente de
fuentes responsables
FSC® C007923

Irene Aparici Martín

Mamá se va a la guerra

Ilustradora Mónica Carretero

Había una vez dos principitos rubios que se llamaban Javier y Sergio. Sus padres, los reyes, hacía tiempo que habían decidido separar sus reinos. Los chicos iban a la escuela de reyes, porque algún día tendrían que reinar también en sus propios territorios.

Un día, la reina les llamó al salón del trono. Allí era donde se reunía habitualmente con los ministros.

—Javier —dijo Sergio, el mayor de los hermanos—, debe de ser algo serio para que mamá nos llame al salón del trono. ¿Qué trastada has hecho?

Cuando llegaron, allí estaba también el rey.

—Uy, uy, uy... y también está el rey... ¡seguro que nos la vamos a cargar! —continuó Sergio, mientras le daba un empujón a su hermano para que avanzara. Entonces la reina, con gesto serio, se acercó a ellos y los abrazó cariñosamente. Los miró a uno y a otro, y luego al rey. Invitándolos a todos a sentarse, empezó a hablar con voz serena y seria:

—Principitos, hijos, tengo que hablaros de algo muy importante: en mi territorio se ha declarado un enfrentamiento. —¿¡un enfrentamiento!? —exclamaron asustados.

—Sí —dijo la reina mientras echaba una mirada de reojo al rey.

—Escuchad bien: Mis vigías han detectado a unos grupos de locos peligrosos que se mueven en pandillas. Quieren invadir mi reino. He llamado al rey porque él siempre es un aliado, y aunque este combate lo tengo que ganar yo, entre los dos trataremos de que vosotros siempre estéis a salvo.

—¿Pero qué combate es ese? ¿De dónde vienen esos locos? ¿Seguro que lo vas a ganar? A los principitos se les amontonaban las preguntas.

—Mi batalla se llama cáncer de mama y esos locos son unas células que se están multiplicando y asociando sin control. Pero no tenéis que asustaros porque hay medicinas que las pueden destruir para siempre.

—¿Entonces te vas a curar?

—Sí, me voy a curar pero no va a ser fácil. Veréis, esto es una gran batalla en toda regla, así que he mandado llamar a los mejores militares del mundo para que me ayuden. Consulté a un antiguo general, veterano de muchas guerras parecidas a la mía. Es un hombre muy sabio y me ha sugerido una estrategia para salir victoriosa. Si la sigo bien, el éxito está casi asegurado.

El joven Sergio se removió un poco intranquilo en su asiento, mientras que Javier, algo menor, pareció relajarse cuando escuchó que la reina se curaría.

Después de una breve pausa, la reina prosiguió con su voz grave y tranquila:

—Ahora estamos preparando al ejército para la batalla. El general Hornedo será el mando mayor. Confío plenamente en él. Juntos ya estamos diseñando cómo vamos a ejecutar la estrategia. ¿La queréis conocer?

—¡¡¡Siiiii!!! —respondieron los principitos al unísono— ¿Podremos luchar nosotros también?

—¡Pues claro! —dijo la reina sonriendo. Luego se puso nuevamente seria—: Pero no en la primera línea de fuego, porque aún sois jóvenes. Vosotros estaréis en la retaguardia y os tendréis que ocupar de que la reina esté tranquila, para que me pueda concentrar en la batalla y de que los cuarteles estén siempre limpios y ordenados. Yo os iré contando cómo va la guerra.

El rey en ese momento intervino. —Seguiréis viniendo a pasar temporadas a mi castillo y cuando la reina necesite más tranquilidad, también podréis venir conmigo.

Los principitos parecían relajarse poco a poco. Así que la reina continuó hablando.

—Veréis, mi cuerpo va a ser el campo de batalla. Algunas de mis células, como los glóbulos rojos y los blancos, son mi ejército.

Pero en el cuerpo hay otras células que son pacíficas trabajadoras y campesinas que cada día van alegres a su trabajo y, que sin comerlo ni beberlo, se van a ver implicadas en esta guerra. Son las células que hacen que me funcione el estómago y los pulmones, las que hacen que mis huesos estén fuertes y que mi cabeza marche bien.

En algunas partes del cuerpo como las ingles, el cuello o las axilas todos tenemos unas torres de vigilancia. Se llaman ganglios. En estas torres tengo apostados a los mejores soldados vigía. Hace unos días, recibimos un mensaje cifrado desde la torre uno de mi axila izquierda. Visteis que se me inflamó el brazo. Esa fue la señal de alarma. Desde la sala de descodificación de mensajes, le han pasado este aviso al general.

La reina sacó un papel y empezó a leer:

"Las torres uno y dos están siendo atacadas por grupos armados. Son gente extraña. Parecen ciudadanos normales porque van vestidos como los demás. Pero están chiflados. Al grito de ¡cangrejo! empiezan a duplicarse.

Estamos resistiendo pero necesitamos refuerzos."

Cuando terminó, levantó la vista del papel y miró profundamente a los ojos de los principitos, que eran todo oídos. Prosiguió.

—El general ha enviado unos aviones de reconocimiento por todo mi cuerpo pero especialmente por mi pecho izquierdo, ya que sospechamos que es ahí donde se esconden la mayoría de los enemigos. Mi pecho es como una selva impenetrable, llena de bosques, lagos y cuevas. Un lugar perfecto para que se camuflen los rebeldes.

Los aviones están a la última en tecnología. Llevan unas cámaras hipersensibles, con rayos gamma que son capaces de hacer fotografías hasta en los lugares más oscuros.

El otro día, enviamos a un grupo de paracaidistas a una misión especial a la selva. Consiguieron capturar vivos a alguno de los adversarios. Ahora los tenemos en un laboratorio-cárcel, haciéndoles un interrogatorio para que confiesen todo lo que sepan. Ya hemos averiguado que son unos rivales muy peligrosos. A su paso no les importa quemar los campos y encima convencer a los demás para que se unan a ellos. Por eso tenemos que capturarlos a todos y —es duro lo que os voy a decir— eliminarlos sin piedad, porque una vez que se trastornan, no hay manera de curarles y en cambio pueden hacer mucho daño.

Los jovencitos seguían con atención el relato de la reina.

—Creemos que algunos de los rebeldes han conseguido sobrepasar la torre de vigilancia y ya se han escapado por las autopistas y los caminos que son mis vasos linfáticos y sanguíneos hacia otras partes del reino. Se camuflan tan bien y son aún tan pocos, que los guardias de tráfico, mis glóbulos rojos y blancos, no los han detectado.

—¿Y cómo vamos a capturarlos y eliminarlos? —preguntaron los principitos.

—Bueno, el general ha establecido contacto con una fábrica americana de instrumentos de defensa. Han desarrollado un equipo de armas defensivas de última generación que son muy efectivas —dijo la reina.

El problema que tienen es que son bastante peligrosas de manejar. Veréis, hay una medicina que se llama Peluquitinol y otras que se llaman Malphitina y Safromilerina.

—¿Safro qué?

—Sí, tienen unos nombres muy raros. Es para evitar el espionaje industrial. Nosotros vamos a empezar usando el Peluquitinol. Una vez por semana, llegará un cargamento a mi cuerpo. Rápidamente las células soldado tomarán esas armas y se van a ir a través de la sangre a buscar a los enemigos. Lógicamente la mayoría de ellos se irán a las torres uno y dos, pero otros se quedarán patrullando por el resto del cuerpo. El Peluquitinol tiene una especie de linterna que cuando alumbra detecta a las células locas porque se les cambia el color de la ropa y entonces... ¡pum! Los disparos defensivos dejarán a los locos mudos y estériles, para que no puedan seguir reproduciéndose ni contagiando a los demás con sus locuras. Algunos de mis soldados, ya lo sé, perderán la vida mientras disparen. Por eso es posible que me sienta más cansada de lo normal. Y hay otro problema...

—¿Cuál? —preguntaron preocupados los jovencitos.

—Caerán también las células que hacen que me crezca el pelo. Son células inocentes y trabajadoras y es una pena que tengan que perder la vida, pero es que a ellas también se les cambia el color de la ropa y aún no han inventado unas armas que sean mejores.

—¡Pero estarás muy fea! La reina se irguió con gesto digno, se ajustó bien la corona y les dijo muy solemne: —Queridos Principitos, voy al frente de batalla. Allí no se va a presumir, sino a luchar. Por suerte, el pelo no es algo muy importante para seguir viviendo. Hay mucha gente calva por el mundo, y además, cuando acabe la guerra, volverán a nacer células fabricantes de pelo.

—¿Y cuánto va a durar?

—La primera fase, la del Peluquitinol, durará tres meses. Cuando termine, el general volverá a mandarme a los rastreadores y al avión de reconocimiento para ver los progresos. Yo me imagino que las torres ya estarán más tranquilas y la mayoría de los rebeldes estarán medio atontados.

—¿Y ya se termina?

—No, tendremos que tener mucha paciencia. Después del Peluquitinol pasaremos a la segunda fase, con armas de defensa mucho más potentes. Escuchad bien, porque esto es importante: una vez cada tres semanas, llegará en misión secreta un avión cargado de misiles de Malphitina y Safromilerina. Son armas letales para los rebeldes; los hace desaparecer pero también va a haber mucha pérdida de aliados, ya que no distinguen bien a unos de otros.

—¿Pero por qué tienen que eliminar a los inocentes? —dijo el príncipe Sergio.

—Es un asunto muy difícil también para mí, pequeño príncipe. No me gusta que pierdan la vida inocentes, pero recuerda que los locos se camuflan entre los que no lo están para pasar desapercibidos y que atacan a todos los que se encuentran en su camino. Hemos buscado las mejores armas defensivas del mundo, no solo porque hacen desaparecer a los rebeldes, sino porque son las más selectivas. Pero hoy por hoy, los daños colaterales son inevitables.

La reina pasó cariñosamente el brazo por encima del joven príncipe. ¡Aún tenía tanto que aprender!

El príncipe Javier, ya impaciente, instó a la reina a que continuase. —Venga, sigue contando.

—Esta fase también durará tres meses. Yo me imagino que entonces estaré verdaderamente cansada, pero tampoco es para preocuparse demasiado, porque si se pierden muchos soldados, siempre podemos pedir refuerzos a los aliados. Por suerte, mantengo buenas relaciones con muchos países que están dispuestos a ayudar.

—¡Qué guerra más larga! ¿Cuándo va a terminar?

—Chicos, sí, va a ser una guerra larga, pero si conseguimos pasar con éxito la fase uno y la fase dos, ya casi habremos terminado.

—¿Cuántas fases quedan?

—Después vendrá un cuerpo militar especial, encargado de limpiar bien el campo de batalla, especialmente la zona de las torres y la selva del pecho. Se llaman cirujanos. Y se llevarán a todos los rebeldes, vivos o no, que queden por ahí. Será una misión rápida de unas horas, aunque para recuperarme, igual tengo que estar varios días en el hospital.

—¿Y ya?

—Ya casi casi. La guerra estará prácticamente acabada. Solo quedará por ejecutar la fase final que consiste en quemar todos los escondites de los enemigos. Se utilizan instrumentos de defensa muy potentes.

—¡¡¿Bombas gigantes?!! ¿Por qué hay que hacer eso? —exclamó el príncipe Sergio, que además de ser un joven muy inteligente, había heredado de su mamá una sensibilidad especial.

—No, no son bombas gigantes, pero casi —explicó la reina, tratando de calmar a su hijo—. Se utilizan medios con gran potencia para impedir que nazcan células que tengan tendencias rebeldes. Esa fase también va a ser un poco larga, de un par de meses, y lo peor es que seguramente me quede definitivamente sin las torres de vigilancia. Después de la guerra estarán muy tocadas y vamos a tener que derruirlas. Pero, en fin —dijo la reina alzando los hombros y mostrando las palmas de sus manos —con eso, seguramente ¡¡la batalla habrá terminado para siempre!!

Los jóvenes príncipes se quedaron pensativos. El pequeño Javier, que siempre llevaba su curiosidad y la imaginación un poco más lejos, preguntó: —¿Y qué vendrá después?

La reina sonrió. Le gustaban la curiosidad y las preguntas inteligentes de sus hijos. Serían unos buenos reyes cuando creciesen.

—Pues lo que pasa en todos los reinos que han sufrido un conflicto. Al principio todo el pueblo y los soldados están cansados; los campos arrasados no dan trigo, ni

alimentos; se pasa hambre; los supervivientes lloran a los que perdieron. Pero poco a poco, con el tiempo, todo vuelve a ser como antes. Nacerán niños nuevos que nunca sabrán que allí hubo una guerra y, como todos los niños, traerán la alegría a las casas. Los padres volverán a trabajar y el reino volverá a funcionar perfectamente. Habremos aprendido la lección y estaremos más atentos a que nunca más vuelvan a invadirnos unos rebeldes.

Se hizo una pausa larga. Había mucha información para procesar.

El rey intervino entonces y dijo: —Yo creo que la reina lo ha explicado muy bien, pero tenéis que estar tranquilos y si hay algo que no os ha quedado claro o que os preocupa, tenéis que decírnoslo, porque al final en esta guerra estamos todos unidos para ganarla.

Los jóvenes asintieron en silencio. Así que la reina se levantó y dijo: —Pues ahora, principitos, si ya no tenéis más preguntas, vais a hacer vuestra promesa de fidelidad a la reina. Tenéis que saber que aunque tenga que luchar en el frente de batalla, yo seguiré estando al mando del reino, y todo seguirá siendo lo más normal posible. Tenemos muchos amigos y aliados que van a estar con nosotros, animando a nuestro ejército, para que tenga siempre la moral bien alta. Y aunque de vez en cuando yo tenga que estar reunida con los militares, porque soy la reina, recordad que sobre todo, sobre todo, soy vuestra mamá que os quiere.